Les mots volés

Melanie Florence

Illustrations de Gabrielle Grimard

Texte français d'Isabelle Allard

Elle rentre de l'école en gambadant et en sautillant.

Elle fredonne, tenant à la main un capteur de rêves qu'elle a fabriqué avec des bouts de ficelle, des perles en plastique et des plumes multicolores.

Ses nattes lustrées, noires comme les ailes d'un corbeau, tressautent sur ses épaules et se balancent au rythme de ses pas.

Elle prend son grand-père par la main et tourne sous son bras avant de lui demander :

— Papi, comment dit-on grand-père en langue crie?

Il cesse de respirer un long moment.

Cela semble une éternité quand on a sept ans.

Le vieil homme la regarde tristement.

— Je ne m'en souviens plus. J'ai perdu mes mots il y a longtemps.

Le visage de la fillette s'assombrit.

— Comment as-tu perdu tes mots, papi?

— Ils les ont emportés, répond-il.

— Où les ont-ils emportés? demande-t-elle.

— Là où ils nous ont tous emmenés, dit-il. Loin de chez nous, de nos maisons remplies de rires et de mots tendres. Loin de nos mères qui pleuraient.

Elle prend sa main noueuse.

— Qui t'a emmené, papi? demande-t-elle doucement.

— Des hommes et des femmes vêtus de noir. Ils disaient des mots que nous ne comprenions pas.

La fillette et son grand-père arrivent à la maison et s'assoient.

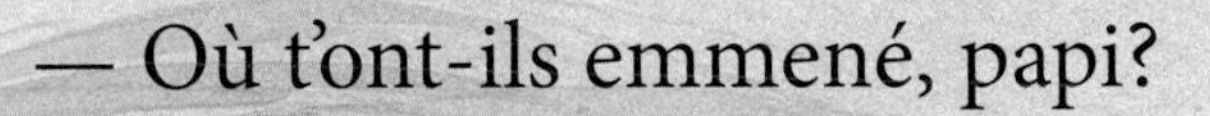

— Où t'ont-ils emmené, papi?

— Dans une école glaciale et isolée, où des visages blancs en colère élevaient la voix et nous frappaient chaque fois que nous prononcions nos mots. Ils ont pris nos mots et les ont enfermés. Ils nous ont punis pour nous forcer à oublier ces mots et à parler comme eux…

Leurs mots étaient durs et blessants, si différents de nos mots magnifiques.

Elle caresse le visage buriné de son grand-père.

Elle essaie d'effacer sa tristesse de ses mains douces.

Puis elle baisse les yeux sur ses genoux et lui tend le capteur de rêves qu'elle a fabriqué pour sa chambre.

— Prends-le, papi, dit-elle. Il t'aidera peut-être à retrouver tes mots.

Il sourit à sa petite-fille, touche son visage innocent.

Un visage qui n'a jamais connu de mots blessants.

Ni de mains menaçantes.

Il sourit et pose un baiser sur sa tête.

Le lendemain, elle sort de nouveau de l'école en gambadant, le sourire aux lèvres.

Elle s'arrête devant son grand-père et inspire profondément.

— Tânisi, nimosôm, dit-elle.

Les yeux du vieil homme s'écarquillent.

Le sourire de la fillette est plus éclatant que le soleil.

— J'ai trouvé tes mots, papi.

Elle sort un livre de poche tout usé de son sac à dos. Il s'intitule « Introduction à la langue crie ».

— La maîtresse m'a aidée à le trouver à la bibliothèque, explique-t-elle.

Il prend le livre d'une main tremblante. Il l'ouvre et sent sous ses doigts le doux papier usé, maintes fois caressé.

— Nôsisim, murmure-t-il.

Petite-fille.

Ce mot a une consonance familière.

Il lui fait penser à sa maison. À sa mère.

Il tourne délicatement les pages.

Masinahikan. Livre. Il tourne une autre page.

Les mots apparaissent, l'un après l'autre.

Pîkiskwêwina. Ses mots. Des pages et des pages remplies de ses mots.

Il regarde sa petite-fille, sa nôsisim.

— Merci. Têniki, dit-il.

nōsisim
pikiskwewina

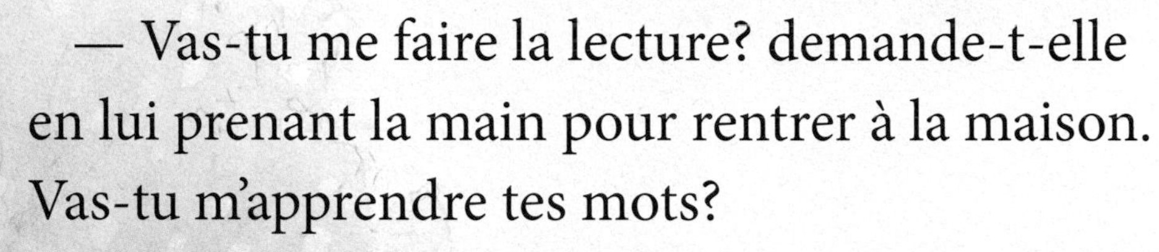

— Vas-tu me faire la lecture? demande-t-elle en lui prenant la main pour rentrer à la maison. Vas-tu m'apprendre tes mots?

Le cœur bondissant de joie, il hoche la tête en serrant le livre contre lui.